El peregrino loco

Grian

El peregrino loco

EDICIONES OBELISCO

Si este libro le ha interesado y desea que le mantengamos informado de nuestras publicaciones, escríbanos indicándonos qué temas son de su interés (Astrología, Autoayuda, Ciencias Ocultas, Artes Marciales, Naturismo, Espiritualidad, Tradición...) y gustosamente le complaceremos.

Puede consultar nuestro catálogo en www.edicionesobelisco.com

Colección Narrativa
EL PEREGRINO LOCO
Grian

1ª edición: febrero de 2006
3ª edición: julio de 2006

Maquetación: *Marta Rovira*
Diseño de cubierta: *Enrique Iborra*

© 2006, Grian
© 2006, Ediciones Obelisco, S.L.
(Reservados los derechos para la presente edición)

Edita: Ediciones Obelisco S.L.
Pere IV, 78 (Edif. Pedro IV) 3ª planta 5ª puerta.
08005 Barcelona-España
Tel. 93 309 85 25 - Fax 93 309 85 23

Paracas, 59   1275 Buenos Aires - Argentina
Tel. +54(011)4305-0633   Fax: +54(011)4304-7820
E-mail: obelisco@edicionesobelisco.com

ISBN: 84-9777-251-2
Depósito Legal: B-31.437-2006

Printed in Spain

Impreso en España en los talleres gráficos de Romanyá/Valls S.A.
Verdaguer, 1 – 08076 Capellades (Barcelona)

Ninguna parte de esta publicación, incluso el diseño de la cubierta, puede ser reproducida, almacenada, transmitida o utilizada en manera alguna por ningún medio, ya sea electrónico, químico, mecánico, de grabación o electrográfico, sin el previo consentimiento por escrito del editor.

Prólogo

No me parecía justo que un personaje tan singular y tan querido para mí como el peregrino loco no tuviera su propio libro. Después de su aparición pública en *El Camino de Santiago es el camino de la vida* (1998) y de sus esporádicas intervenciones posteriores a través de distintos medios, era cuestión de tiempo que el peregrino loco tuviera su propio espacio como protagonista.

En realidad, él apareció en los paisajes de mi imaginación bastante antes de la publicación de *El Camino de Santiago es el camino de la vida*. Entonces, era solamente «el loco», y se me antojó un personaje sumamente entrañable y divertido, capaz de decir las cosas más atrevidas o desestabilizadoras desde la permisible inocencia de su demencia. No olvidemos que sólo a los locos y a los niños se les permite decir las verdades que la sociedad no admite escuchar de otros labios.

En este aspecto, el peregrino loco podría entroncar en el arquetipo de los locos sabios, tan queridos del misticismo sufí islámico. Vendría a ser una variante del célebre Nasrudín, aunque en versión errante y con una personalidad propia, perfectamente diferenciable de la del protagonista de tantos cuentos y chistes del mundo musulmán. Pues, en el fondo, debo admitirlo, el peregrino loco no es más que uno de mis *alter egos*, una faceta mía ácida, burlona, aguda y socarrona, que gusta de la ironía y de la sátira, de la bufonada mordaz y corrosiva, y del equívoco. Todo ello para poner en evidencia los absurdos de nuestra sociedad y de nuestra propia manera de pensar y de ver la realidad, o bien para ilustrar contenidos espirituales un tanto alejados de la espiritualidad de masas en las que se mueven la mayor parte de las sociedades.

Como decía antes, el peregrino loco nació para el público con la aparición de mi libro *El Camino de Santiago es el camino de la vida*. Allí, su papel era «lubricante», para hacer más digerible, a través de toques de humor y de locura, los diversos contenidos reales y ficticios, trascendentes y cotidianos que componían la obra. Los cuentos y las anécdotas del peregrino loco que aparecían allí se han incluido en este volumen para mantener la conexión con su origen, el Camino de Santiago, y para ofrecer a todos aquellos que no leyeron aquel libro una imagen completa del personaje.

A estos cuentos se han añadido también los aparecidos en algunos artículos publicados en diferentes revistas españolas, así como los dos cuentos incluidos en lo que, hasta la fecha, ha sido mi mayor esfuerzo creativo, *La rosa de la paz* (2003). También he escrito un buen número de cuentos y anécdotas nuevos con los que he querido ampliar el mensaje del peregrino loco y dar a conocer mejor su espíritu y su carácter.

Pero, además, en este libro he querido incluir algunos comentarios al pie de cada uno de los cuentos y de las anécdotas, siguiendo de algún modo la fórmula utilizada en sus libros por uno de los místicos cristianos más destacados del siglo XX, Tony de Mello. Y ello debido a que la «locura» puede ser, en ocasiones, ciertamente perturbadora y generar confusión en todos aquellos que no están acostumbrados a ella.

Aun con todo, debo alentar al lector a que haga también, si se da el caso, sus propias interpretaciones de cada cuento, porque precisamente en eso radica el valor del cuento como elemento de transmisión espiritual: en sus múltiples lecturas e interpretaciones. Y también debo sugerirle que lea cada uno de los cuentos y cada uno de los comentarios con detenimiento, tomándose tiempo para absorber y discernir tanto las ideas manifiestas como las encubiertas. De este modo, podrá obtener un beneficio máximo de ese choque desestabilizador de la «santa locura».

Y si, al final de la obra, el lector se siente extrañamente cercano al peregrino loco, si siente que el personaje se ha introducido en su corazón y ha llegado a tomarle cariño, no piense que está perdiendo la razón por el hecho de que un ser imaginario le provoque sentimientos profundos. Piense, más bien, que la locura divina —la sabiduría de Dios— ha comenzado a hacer mella en su alma, y sepa que, más allá de lo imaginario y lo fantástico, hay un *mundus imaginalis,* un reino imaginal que, según afirman los místicos, es más real que éste.

Aquélla es la patria del peregrino loco, y allí podrá encontrarle el lector siempre que lo desee... siempre que no tenga miedo a su divina locura.

Grian
Requena, 8 de septiembre de 2003

*A Tony de Mello,
luz en la noche,
guía de locos divinos,
y al sueño de mis días,
mi hija Diana, que
ya enarbola la bandera
de los locos despiertos.*

Locos

Estamos locos —le dijo un peregrino al peregrino loco.
—Sí. Estamos todos locos —le respondió éste.
Y mostrando una enorme sonrisa, agregó:
—Pero, al menos, nosotros lo sabemos.

En el Camino de Santiago, no pasan muchos días antes de que uno se dé cuenta de que algo no va bien en su cabeza cuando decide asumir libre y voluntariamente tanta incomodidad y tanto sufrimiento. Pero la incomodidad y el sufrimiento hacen que uno despierte del letargo en el que vive sumergido en su monótona vida cotidiana.

En el Sendero del Espíritu, la clave de todo progreso se halla en la toma de conciencia, en ser conscientes de lo que sucede dentro y fuera de nosotros, dado que el requisito previo a cualquier intento de mejora o avance es la constatación de las propias deficiencias.

Del mismo modo, más allá del ámbito personal, no habrá ocasiones viables y profundas de cambio en la atmósfera anímica de una sociedad mientras un número suficiente de sus miembros no tome conciencia de los muchos absurdos que hay en sus fundamentos como colectividad.

Conocimiento de sí

Realmente, ¿crees que te conoces bien? —preguntó el peregrino loco.
—Claro —respondió con seguridad el otro peregrino—. Si no me conozco yo a mí mismo, ¿quién me va a conocer?
—El que puede «leerte» —dijo el peregrino loco con una sonrisa.
—¿Cómo que «el que puede leerme»?
—¿Has intentado alguna vez leer un libro con la nariz pegada al papel?
—Nadie puede leer un libro con la nariz pegada al papel —respondió el otro molesto—. Está demasiado cerca.
—Pues tú también estás demasiado cerca de ti mismo como para poder «leerte».
El otro frunció el ceño, sorprendido por la respuesta del peregrino loco. Había algo de sensato en sus palabras.
Bajó la cabeza, y mirándose los pies continuó caminando por el sendero. Pero el peregrino loco no había terminado.
—Tú ahora deberías preguntarme algo —le dijo sin perder su desconcertante sonrisa.
—¿Sí? —le respondió el otro ciertamente irritado—. ¿Qué debería preguntarte?
—Si hay alguna manera de tomar distancia para que uno pueda «leerse» a sí mismo.
—¿Y bien? —preguntó el otro intentando aparentar indiferencia.

—Pues que sí hay una manera —respondió el loco, y no dijo más.

—¿Y cuál es? —insistió el otro a punto de perder los nervios.

—Distanciándose de lo que le recuerda a uno quién se cree que es.

—¿Y cómo se hace eso? —estalló por fin el otro fuera de sí.

El peregrino loco se detuvo, y fingiendo una enorme preocupación, contestó:

—Tranquilo. Lo estás haciendo ya. Para eso sólo tenías que alejarte de tu ambiente cotidiano, de tus hábitos cotidianos y de tus seguridades cotidianas.

Cuando abandonamos el entramado de seguridades construido por nuestro propio «yo», por nuestro ego, es cuando verdaderamente podemos aspirar a conocernos bien. De ahí el enorme valor de una peregrinación... o de atreverse a tomar riesgos en la vida.

Crecer o no crecer

El peregrino loco descansaba sentado a la puerta de la panadería de un pueblo del Camino, aguardando su turno junto a un grupo de mujeres que hacía cola.

Mientras esperaba, no pudo evitar oír a una de ellas quejarse ante otra de los problemas que le estaba dando su hijo pequeño, allí presente, a la hora de comer.

—Me tiene mártir —decía la madre—. Ya no sé qué darle de comer. Nada le gusta. Y lo que no sé es cómo no está más flaco.

—Tienes que comer de todo —intervino la otra mujer dirigiéndose directamente al niño, que aguantaba con el ceño fruncido la amable reprimenda—; porque, si no lo haces, no te harás mayor. Y tienes que crecer y hacerte un hombre responsable, para buscarte un trabajo, y así poder casarte y tener hijos.

En ese momento, la cola de la panadería avanzó y la mujer dejó de incomodar al muchacho para no perder su sitio. Por un instante, el niño se vio libre de la molesta atención que le estaban prestando las mujeres, y el peregrino loco aprovechó la ocasión para decirle al pequeño en un susurro:

—Chico, hay veces en que es mejor no crecer.

Mientras somos niños y a medida que crecemos, las personas «sufrimos» un implacable proceso de socialización mediante el cual se nos inculca un rígido armazón de ideas y creencias acerca de la realidad y del mundo, ideas y creencias con las cuales se pretende que nos adaptemos a nuestra sociedad. Es ésta una «programación» necesaria, por cuanto la supervivencia de la especie depende de ella.

Pero, una vez desarrollamos el control consciente de las exigencias desmedidas del ego, conviene comenzar un proceso de reevaluación de este armazón mental con el fin de desechar las ideas y las creencias absurdas que determinan gran parte de nuestras respuestas —así como gran parte de nuestra infelicidad— en función del «programa mental» recibido.

Este arduo y trabajoso proceso, bien conocido entre los místicos de las distintas tradiciones espirituales de la humanidad, supone un «volverse a hacer como niños», una vuelta a una visión transparente del mundo y de la existencia, sin las gruesas lentes que durante el proceso de socialización nos han ido deformando la realidad poco a poco.

Sólo desde esa visión infantil, libre de prejuicios y creencias absurdas, se puede alcanzar la Consciencia Una, el encuentro con la divinidad, con el Ser.

No en vano, aun con el paso de los siglos, siguen resonando las palabras de un judío al que llamaban Jesús de Nazaret, que decía: «La Verdad os hará libres».

Crecimiento

Un peregrino de verbo fácil, que en la vida que había dejado atrás trabajaba en ambientes económicos y bursátiles, le estaba explicando al peregrino loco en qué consistían las excelencias de la economía de mercado. Y, por extraño que parezca, este último parecía mostrarse muy interesado en un tema tan complejo y denso como aquél.

—Y lo más importante de todo —recalcó en cierto momento el experto— es mantener un crecimiento continuo en la economía, porque en el crecimiento se encuentra la base del progreso.

—Espera un momento —le interrumpió de pronto el peregrino loco, que hasta aquel momento había estado inexplicablemente en silencio—. ¿Estás queriendo decir que todo crecimiento es bueno en sí mismo?

—Por supuesto que sí, mi querido y extraño amigo —respondió el otro en tono condescendiente—. El crecimiento es señal de vida.

Y el peregrino loco, con una maliciosa sonrisa, exclamó:

—Lo mismo debe pensar un tumor canceroso.

Nuestro progreso y nuestra supuesta «sociedad del bienestar» se han convertido en una involución y en un profundo «malestar» para el resto de especies de nuestro planeta y para el planeta en sí.

Desde una mentalidad arraigada en la naturaleza —la mentalidad propia de cualquier ser humano hasta la aparición de las grandes urbes—, parecería que las grandes ciudades fueran gigantescos tumores de células «malignas» que el planeta intentara aislar por todos los medios posibles.

Y, como en los tumores cancerosos, el ADN económico sigue insistiendo en el crecimiento y en la «metástasis».

Ésta es la sabiduría de la locura que atenaza al ser humano, una sabiduría incapaz de percatarse de que la destrucción del entorno supondrá, inexorablemente, nuestra propia destrucción.

Por pedir...

Unas fuertes voces salían por la puerta del albergue de peregrinos en el que estaba a punto de entrar el peregrino loco.

—No me sirve de nada la excusa de que no quedan camas —vociferaba un hombre de mediana edad dirigiéndose al hospitalero del albergue que, sentado frente a una mesa, intentaba aguantar el tipo ante el chaparrón que caía sobre él.

—Soy un peregrino —continuó el hombre— y, como tal, exijo que se me dé una cama inmediatamente. Y si no sabe usted de dónde sacarla, se la inventa; pues su obligación es atender al peregrino en todo lo que necesite y...

El hombre no pudo seguir hablando. Con un ágil movimiento, el peregrino loco se puso de pie encima de la mesa y, dándole la espalda al peregrino vocinglero, se puso a gritarle también al pobre hospitalero:

—Este hombre tiene razón. Y, además, queremos también sábanas de felpa y visillos de tul en las ventanas, y una lamparita al lado de cada cama para poder leer por las noches. Y también queremos una bañera. ¡Que ya está bien con tanta ducha! ¡Ah! Y un patito de goma para entretenernos mientras nos bañamos. Y, además...

—¡Oiga! ¿Está usted loco? —le interrumpió el peregrino voceras mientras lo miraba con extrañeza.

El peregrino loco se volvió hacia él y, esbozando su inquietante sonrisa, contestó:

—Más loco estás tú, por meterte a peregrino sin saber dónde te metes.

La Declaración Universal de los Derechos Humanos ha sido una de las grandes consecuciones en la historia de la humanidad. Pero nuestro ego tergiversa y obtiene ventajas hasta de las cosas más solidarias y altruistas que puedan haberse formulado; de ahí que el exigir los derechos de uno haya llegado a convertirse en algunos casos en una obsesión absurda de nuestro «yo», que sólo pretende medrar e imponerse a los demás en beneficio propio, aunque para ello tenga que utilizar instrumentos de gran valor nacidos de la generosidad.

Los derechos de las personas son algo muy serio, porque en muchos lugares a las personas les va la vida en ellos. No los conviertas en mercancía barata de acomodado y complacido habitante de país rico.

Como pez en el agua

Tras una marcha matinal bajo un sol tórrido, un grupo de peregrinos se detuvo a comer y descansar junto a un río de aguas tranquilas. Entre ellos estaba el peregrino loco, quien, antes de hacer ninguna otra cosa, se quitó las botas para aliviar sus pies en las frescas aguas del río.

Poco después, otro peregrino siguió su ejemplo.

—¿Qué pensarán de nosotros los peces? —se preguntó en voz alta este último, al contemplar cómo se acercaba una bandada de pececillos hasta los pies de los dos hombres— Quizá piensen que somos dioses.

—No creo —dijo escuetamente el peregrino loco.

—¿Por qué no? —replicó el otro—. Deben vernos inmensamente grandes, y capaces de movernos en su mundo y más allá de él.

—Pero no creo que tengan conciencia de Dios —contestó el loco.

—Sí, posiblemente tienes razón —cedió el otro—. No creo que el cerebro de los peces esté capacitado para eso. Simplemente, estaba jugando con las ideas.

—No. El problema no está en su cerebro —volvió el peregrino loco sobre el tema—. Las personas tienen un voluminoso cerebro y, sin embargo, tampoco tienen conciencia de Dios.

Esto era algo que no esperaba el otro peregrino.

—¿Cómo que las personas no tienen conciencia de Dios? —le preguntó con un tono que denotaba que se sentía un tanto ofendido—. ¡Yo tengo conciencia de Dios!

El peregrino loco le miró impasible, dibujando una leve sonrisa.

—Tú hablas de Dios y crees en Dios —contestó—. Sin embargo, no tienes conciencia de Él. Nunca has sentido Su Presencia. De lo contrario, habrías entendido mis palabras.

El otro guardó silencio, al tiempo que reflejaba en su rostro las dudas que le merecía la cordura de aquel extraño peregrino con el que venía coincidiendo en los albergues durante los últimos días.

—¿Acaso el pez es consciente del agua en la que transcurre toda su existencia? —continuó el peregrino loco—. No puede ser consciente del agua, incluso a pesar del hecho de que él mismo *es* agua en una forma viva.

»Es difícil que el pez perciba la existencia del agua. Y, sin embargo, no podría vivir sin ella.»

El otro peregrino esbozó un gesto de asombro. Aquello sonaba profundo. Quizá el loco estaba más cuerdo de lo que todos pensaban.

—¿Quieres decir que Dios es el medio vital en el que vivimos? —preguntó al fin.

—Quiero decir que Dios es algo así como la Gran Constante. Sólo somos conscientes de las cosas que cambian y varían, pero no de las constantes; sobre todo de las constantes que están ahí desde antes de que fuéramos conscientes.

El loco ya no sonreía. Hablaba con seriedad, gravemente, como un filósofo exponiendo su doctrina.

—Sólo hay una diferencia con los peces —agregó—, y es que los peces pueden tomar conciencia del agua si saltan sobre su superficie y salen de ella. Pero nosotros no podemos tomar conciencia de Dios de ese modo, pues no hay nada fuera de Dios.

El peregrino loco reflexionó por unos instantes y añadió:

—No. No es una cuestión de cerebro. Es una cuestión de percepción y de atención. Para nosotros es más difícil tomar conciencia de Dios que para los peces tomar conciencia del agua.

—Entonces, según tú, nadie puede hacerse consciente de Dios, ¿no? —intervino el otro peregrino.

Y el peregrino loco volvió a mostrar su desconcertante sonrisa.

—Te equivocas —respondió—. Sí que hay personas capaces de ser conscientes de Dios.

—¿Sí? ¿Quiénes? ¿Cómo? —preguntó el otro incrédulo.

—Los que son capaces de saltar por encima de la superficie del río del pensamiento. Los que están suficientemente atentos y pueden variar su modo de percepción.

El loco puso una mano sobre el hombro del otro peregrino, y añadió con toda la sorna del mundo:

—Sólo el que está un poco loco es capaz de percibir lo que siempre estuvo *ahí*.

Sólo quien ha roto los «programas mentales» inculcados durante el proceso de socialización puede tomar conciencia —y percibir— aquello de lo que los demás son incapaces.

Pero quien rompe los «programas mentales» no suele ser bien visto o comprendido por su sociedad, y en muchos casos, y paradójicamente, ni siquiera por los miembros de su propia religión.

De ahí que se les vea muchas veces como «idiotas» o «locos» de extrañas ideas y modos de comportamiento.

El Mal

Aquella noche, la cena en el refugio había sido una muestra más de la camaradería que se venía fraguando entre el nutrido grupo de peregrinos que, día a día, venía a coincidir en sus descansos al caer la tarde.

Pero aquella noche, además, los peregrinos se sintieron lo suficientemente cómodos los unos con los otros como para establecer, después de la cena, una larga conversación sobre temas espirituales. Al cabo de una hora de intercambio de ideas y opiniones, un peregrino de ágiles palabras terminó acaparando la atención de todos. En su visión de la espiritualidad, daba gran importancia a los peligros que el fiel tenía que arrostrar ante los constantes embates de las fuerzas del mal, y aquello puso en el rostro de todos una mueca de tensa inquietud ante los engaños y las trampas que, según el orador, todo buscador del Espíritu tendría que superar.

En todos se reflejaba ese punto de tensión. En todos... menos en el peregrino loco.

A los pocos minutos de tomar la palabra el locuaz peregrino, el loco había comenzado a dar cabezadas en su silla, vencido por el cansancio de la marcha del día. Nadie le hubiera prestado mayor atención a aquel hecho de no ser porque, en una de las idas y venidas de su cabeza, había terminado por vencerse hacia atrás, con la cara hacia el techo y la boca abierta, al tiempo que eclosionaba con un estruendoso ronquido.

—Nuestro buen amigo parece no poder soportar el aburrimiento que le generan mis palabras —comentó en tono divertido, como disculpándole, el peregrino locuaz.

—No, si yo... —balbuceó confundido el peregrino loco, que se había despertado con su propio estrépito— ... yo estaba escuchando lo que decías.

Todos rieron, y el peregrino locuaz aprovechó la circunstancia para llevar un poco más allá la diversión.

—Así que estabas escuchando lo que yo decía... ¿Y qué opinas tú de lo que estaba explicando?

El peregrino loco arrugó sus soñolientos ojos mientras miraba al otro, y con su voz ronca le contestó:

—Que si uno se duerme con todo su ser puesto en Dios, es imposible que sueñe con demonios.

En el Sendero, se puede contemplar, temer y precaverse contra «el Mal», pero no resulta demasiado «útil» a la hora de dirigirse hacia la divinidad.

En primer lugar, porque «el Mal» siempre es algo relativo. (Como diría Goethe en labios de Mefistófeles, cuando Fausto le preguntó «¿Quién eres?»: «Una parte de aquella fuerza que siempre quiere el mal y siempre hace el bien».)

En segundo lugar, porque la energía puesta en «el Mal» en atención, pensamiento e inquietud sería más «eficaz» poniéndola exclusivamente en el Amado.

En tercer lugar, porque el Sendero que lleva a la Unión con la divinidad es el Sendero que lleva de la multiplicidad a la Unidad, el Sendero que busca hacer, de dos, Uno.

Rabe'ah al-Adawiya, una mística sufí del Iraq del siglo VIII, dijo: «Yo amo a Dios, y no me queda tiempo para odiar al demonio».

La conferencia

En una ciudad del Camino se estaba desarrollando un congreso científico, y el peregrino loco, que antes de perder el juicio había recibido una formación universitaria científica, decidió asistir a una de las conferencias.

Durante el turno de preguntas, la discusión se había centrado en algunos aspectos de filosofía de la ciencia y de la relación de la ciencia con el mundo actual, y el conferenciante exponía su plena convicción de que la ciencia salvaría a la humanidad de sus múltiples aflicciones.

—¿Está usted seguro de que la ciencia es la solución a los problemas de la humanidad? —le preguntó de pronto el peregrino loco con gesto preocupado.

—Sí, caballero —le respondió el conferenciante—. Estoy absolutamente seguro de ello.

El peregrino loco se levantó de su asiento y, estirando de su acompañante, salió de la sala con urgencia.

—¿Pero por qué tanta prisa en irnos? —le preguntó ya en la calle su sorprendido amigo.

Y el loco le respondió con el ceño fruncido:

—Porque la misma seguridad tenían los inquisidores en la Edad Media y acabaron dándose un baño de sangre.

La duda no es un signo de debilidad para el que sabe ver. Para el sabio, es un saludable ejercicio que le impide caer en el dogmatismo y la rigidez de ideas.

Amor

El peregrino loco estaba sentado sobre una roca a la orilla de una vereda, cuando acertó a pasar por allí un aldeano de la zona.

El hombre se quedó extrañado al ver a aquel singular personaje que, ignorando su presencia, parecía obsesionado en la ejecución de lo que en un principio hubiera pensado que era un juego.

—¡Qué bonito! —exclamó de pronto el peregrino loco, viendo caer una piedrecilla que acababa de soltar desde su mano.

—Qué bonito... ¿qué? —interrumpió el aldeano su extática fascinación.

—¿Qué va a ser? ¡El Amor! —respondió el loco cargado de razón, mientras se entregaba a la observación de otra piedra que caía.

El aldeano se quedó atónito. Aquello era lo último que hubiera esperado oír.

—¿De qué está usted hablando? —osó preguntar al fin.

El peregrino loco lo miró con un gesto de impaciencia y, levantando la voz, respondió:

—¿Acaso no lo ve usted? Del Amor de la Tierra por sus piedrecillas.

¿Es que no te has dado cuenta de que el Amor lo sustenta todo en el Universo?

¿Qué es, si no, la fuerza de la gravedad que vincula a los planetas y a las estrellas? ¿Qué son, si no, las fuerzas nucleares que mantienen inextricablemente unidos a los elementos del núcleo de los átomos, permitiendo así la existencia del Cosmos y, con ello, la Vida?

El Amor es esa fuerza universal que busca hacer, de dos, Uno.

¿Realidad?

Y ¿también es Amor el de la Tierra por sus criaturas humanas que caen de un décimo piso? —le pregunté al peregrino loco sin poder evitar inmiscuirme en la historia.

—Es que hay amores que matan —me respondió con un gesto pícaro.

Y el aldeano, que sólo era consciente de su propio mundo, pensó que el peregrino loco estaba hablando solo y, disimuladamente, se alejó de allí intentando no llamar más su atención.

—Si me hablas cuando hay gente delante van a pensar que estoy loco —me dijo cuando el aldeano ya no le podía oír.

—Bueno, no creo que eso te preocupe demasiado, ¿no? —respondí.

—No, la verdad es que no —admitió con una sonrisa burlona mientras volvía a echar piedrecillas—. Porque quizá, así, alguno se dé cuenta de que lo que creen que es realidad nunca fue otra cosa que imaginación.

Detalles

Al terminar la jornada, el peregrino loco se subió a una loma cercana al albergue con la intención de contemplar la puesta de sol sobre los tejados del pueblo.

Estando allí, se le acercó uno de los peregrinos con los que había hecho la jornada.

—¿Qué observas con tanta atención? —le preguntó el peregrino al ver su expresión concentrada.

—Me asombra cuántos detalles puede llegar a tener esta alucinación —fue la respuesta del loco.

El otro le miró extrañado, e intentando salir de dudas preguntó:

—¿De qué alucinación hablas?

—¿Que no la ves? —le miró el loco sorprendido—. Ésa... la del pueblo y la de la puesta de sol. ¿Has visto cuántos detalles? Cada casa con sus ventanitas y sus tejas, esas personas minúsculas paseando por las calles... y esos colores maravillosos del cielo en el ocaso.

—Eso no es una alucinación. Eso es real —respondió cada vez más precavido el peregrino.

El loco sonrió mientras meneaba la cabeza.

—Eso decís todos —contestó—. Pero cuando os dormís, este mundo se desvanece en la nada, mientras otra alucinación toma su lugar.

Y ante el silencio preocupado del otro, el peregrino loco añadió:

—¿Por qué uno de esos mundos tiene que ser «realidad» y el otro «fantasía»?

Si en alguna ocasión, mientras sueñas, te das cuenta de que estás soñando, dedica un minuto a observar todos los detalles que existen en las cosas y los paisajes del mundo de los sueños. Te sorprenderá la calidad de ese mundo «virtual».

Para los psicólogos de las corrientes transpersonales, la realidad es relativa, y llegan a sostener que la realidad es el estado de consciencia en el cual nos encontramos en cada momento. Así, cuando estamos soñando, la realidad es el mundo de los sueños; y cuando estamos despiertos, la realidad es el mundo al que solemos considerar, por convención social, como real absoluto.

Para los místicos de todos los tiempos y culturas, sólo hay una realidad absoluta: la de Dios, la del Ser. Aquello que los psicólogos transpersonales han dado en llamar la Consciencia Absoluta o de Unidad.

¿Dónde estamos?

Un peregrino muy ocupado en sus negocios en su vida cotidiana le explicaba al peregrino loco que estaba haciendo algunas etapas del Camino con el fin de rebajar el exceso de tensión que le provocaba su trabajo.

—Ha de tener usted en cuenta —le decía con toda seriedad— que tengo a más de cinco mil empleados bajo mi responsabilidad, y que en el último año hemos facturado cifras astronómicas en ventas. Y no sólo eso, las previsiones apuntan a que...

—¿Dónde estamos? —le interrumpió de improviso y con una falta total de cortesía el peregrino loco.

El hombre de negocios sacó de su morral la arrugada guía del Camino que llevaba, y cuando se disponía a buscar el lugar exacto en el que se encontraban, el peregrino loco le dijo:

—No creo que encuentres en ese mapa el sitio a donde te ha llevado tu cabeza.

El presente es la mejor «terapia» para las miserias del propio ego.

Cuando se vive el presente, uno no arrastra consigo sus preocupaciones, sus pesares y sus angustias.

Los cordones

LLevas los cordones de la bota desatados —le advirtió amablemente un peregrino al peregrino loco.
—Sí, ya lo sé —le respondió éste.
—¿Y por qué no te haces un lazo? —preguntó el otro confundido—. Podrías tropezar y lastimarte.
Y el peregrino loco, con una sonrisa astuta, respondió:
—Porque me gusta dar la posibilidad de que otros ejerciten su bondad mientras caminan.

A veces, «ser bueno» pasa por dar la posibilidad a los demás de que «sean buenos» con uno.

No sabes cómo duele

Uno de los peregrinos con los que solía caminar el loco se torció un tobillo al pisar una piedra en el ascenso a una loma. El hombre se sentó en el suelo lamentándose amargamente del dolor que la torcedura le provocaba, mientras los demás intentaban atenderle y consolarle.

—¿Qué te ha pasado? —preguntó sobresaltado el peregrino loco al herido cuando llegó al lugar.

—Que me he torcido un tobillo —contestó el otro entre muecas de dolor.

—¡Uf! ¡No sabes cómo duele eso! —exclamó el loco meneando la cabeza.

—¿Cómo que no sé lo que duele esto? —dijo el herido realmente molesto— ¡Me está doliendo AHORA!

Y el peregrino loco respondió cargado de razón:

—Sí, pero no te puede doler tanto como me duele a mí cuando me tuerzo el tobillo.

A todos nos parece que nuestro dolor es el más angustioso que un ser humano puede vivir. Y es con esa idea con la que, sin darnos cuenta, lo hacemos más doloroso aún si cabe. Al ego le gusta darse importancia, aunque para ello tenga que caer en el absurdo.

Un buen reloj

El peregrino loco detuvo su marcha cuando, al ir a consultar la hora, vio que su reloj no funcionaba.

Soltó el bordón y se puso a darle golpecitos para ver si así volvía a ponerse en marcha, pero el viejo reloj parecía haber pasado a mejor vida sin despedirse de él.

Entonces, se le acercó otro peregrino con el que venía coincidiendo en las marchas de los últimos días y, con aires de suficiencia, le aconsejó:

—Deberías comprarte un buen reloj. Como el mío. Mira.

Y le mostró su rutilante y aparatoso reloj de pulsera, añadiendo:

—Es buenísimo. Aunque se cayera de un segundo piso, no se rompería.

Y el peregrino loco, con un gesto agrio, le espetó:

—¿Y qué probabilidades hay de que te caigas de un segundo piso con un reloj como ése?

¿Con cuántos absurdos llenamos nuestras vidas, satisfechos en nuestros propios sinsentidos?

¿Con cuántos absurdos «creíbles» nos embaucan desde la publicidad y los medios de comunicación, o lo que es peor aún, desde el mundo de la política?

La marcha

En aquel grupo de peregrinos todos estaban extrañados con el comportamiento del peregrino loco. Durante más de dos horas había estado variando su ritmo de marcha constantemente, y lo mismo se le veía en la cabeza del grupo como en el medio, o bien descolgado doscientos metros atrás.

Al final estabilizó su ritmo al lado de una guapa peregrina nórdica, y cuando ésta le preguntó qué le había sucedido durante las tres horas anteriores, le dijo:

—Es que estaba intentando averiguar cuál era el ritmo de marcha que más me gustaba. Y al final he descubierto que la marcha que más me va es la tuya.

En muchas ocasiones, creemos que bailamos al son que marca nuestra cabeza o nuestro corazón, cuando en realidad bailamos al son que marca nuestro abdomen.

Domesticar

El peregrino loco y un amigo suyo acertaron a pasar por una plaza de un pueblo del Camino en el momento en que un hombre hacía una exhibición de las destrezas de su perro ante un grupo de niños.

—¡Saluda al niño! ¡Dale la mano! —ordenaba el hombre al animal, mientras uno de los niños tendía su mano derecha delante de él—. Y ahora, ¡ponte de pie! ¡De pie!

Y el animal, que traslucía aburrimiento en los ojos, obedecía a su dueño mecánicamente, para regocijo de los niños y orgullo del dueño.

—¿Por qué nos empeñaremos los seres humanos en hacer que todo lo que nos rodea se asemeje a nosotros y se acomode a nosotros? —comentó en voz baja el amigo del peregrino loco—. ¿Por qué nos empeñaremos en «domesticarlo» todo?

El peregrino loco hizo un chasquido con la lengua mientras meneaba la cabeza.

—¿De qué te extrañas? —le dijo sin levantar los ojos del suelo—. Al fin y al cabo, los seres humanos venimos haciendo lo mismo con Dios desde hace milenios, y todavía nadie se ha escandalizado por ello.

El ego no quiere ni oír hablar de un Dios que, para alcanzarlo, pide que se niegue a sí mismo. Por eso «domestica» a su «Dios», y prosigue plácidamente con sus usos y costumbres cotidianos.

Al ego le encanta hacer dioses «a su imagen y semejanza», para luego idolatrarlos, idolatrándose de ese modo, encubiertamente, a sí mismo.

¿De dónde surgió ese «Dios» rencoroso y vengativo del que se les habla a los seres humanos de medio mundo? ¿De dónde «Sus» leyes y conceptos, como los del «ojo por ojo», la «cruzada» o la «guerra santa»?

El ego dispone de miles de formas de llevar a engaño a un fiel sincero.

Fe

El peregrino loco y su amigo no pudieron evitar escuchar las palabras que aquel sacerdote de la sotana estaba dirigiendo a un nutrido grupo de jóvenes peregrinos, mientras esperaban la cena en el albergue.

Los jóvenes parecían pertenecer a algún centro religioso de enseñanza, o bien a alguna parroquia, dado que la disertación del sacerdote parecía formar parte de algún tipo de programa previamente diseñado.

El tema tratado era el de la castidad, y al peregrino loco no se le escaparon las miradas y las sonrisas que, a hurtadillas, iban esbozando los jóvenes aquí y allí.

Al terminar la cena, el peregrino loco y su amigo salieron fuera del albergue para refrescarse bajo la noche estrellada.

—¿Qué te ha parecido la charla que el cura les ha dado a los chavales? —preguntó el amigo.

El peregrino loco levantó los ojos al cielo antes de responder.

—Me ha parecido que es una cuestión de fe —dijo al fin.

—¿Quieres decir que hay que aceptar y creer por fe lo que el cura les decía a los chicos?

—Todo depende de lo que entiendas por fe —respondió el loco sin dejar de mirar a las estrellas.

El amigo levantó una ceja antes de volver a preguntar:

—¿Y qué entiendes tú por fe?

El peregrino loco se volvió hacia su amigo con la más irónica de sus sonrisas y le dijo:

—La fe es lo que nos da Dios para poder entender a los curas.

Cuando una religión no es capaz de conectar con las nuevas generaciones de la sociedad para la que está «diseñada» es que ha llegado el momento de barrer los sedimentos humanos que, con los siglos, han terminado por ocultar su semilla divina.

El hablador

Aquel peregrino no paraba de hablar desde que había entrado en la desértica meseta. Iba de un lado a otro dialogando con éste y con aquél, buscando conversación entre los otros peregrinos con los que caminaba desde hacía ya unas semanas.

En una de sus incursiones se aventuró a darle conversación al peregrino loco. Después de varios intentos por hacerle hablar sin conseguirlo, optó por lanzarse a un largo monólogo sobre su visión de la vida y de la realidad.

El peregrino loco, abrasado por la verborrea del hablador, aguardó pacientemente y en silencio durante algo más de veinte minutos. De pronto se detuvo, y mirándole a los ojos con una impasibilidad desconcertante le dijo:

—Por mucho que hables no vas a poder huir de ti mismo.

Y sin añadir nada más, continuó su camino.

Los engaños, las evasivas y los subterfugios del ego son infinitos, cuando se trata de no afrontar la propia realidad. De ahí que el ego busque ambientes ricos en estímulos, con el fin de no quedarse a solas, cara a cara consigo mismo.

La sombra

—¿Qué estás haciendo? —le preguntó un peregrino al peregrino loco.
—Estoy contemplando mi sombra —le respondió éste escuetamente.
—¿Y qué tiene de interesante tu sombra? —insistió el otro.
—Estoy esperando que me cuente algo.

El peregrino cuerdo, como es natural, se sintió un tanto confuso ante la respuesta.

—Pero... si las sombras no hablan —le dijo al fin intentando hacerle razonar.

El peregrino loco desplegó una de sus desconcertantes sonrisas.
—Ésta sí que habla.

Y con aires de suficiencia le aclaró:
—Por las mañanas va delante de mí, tomando nota de todo antes de que yo siquiera haya tenido tiempo de percatarme de las cosas. Y por las tardes, cuando nos ponemos a caminar de nuevo después de la siesta, resulta que se esconde detrás de mí para que yo no la vea y le pregunte qué es lo que está haciendo mientras yo pienso en otras cosas.

El otro peregrino levantó una ceja y se volvió a mirar a la sombra con extrañeza.

—Ahora la tengo sujeta debajo de mis pies y no puede escapar —continuó el peregrino loco—, y la voy a tener controlada hasta que hable.

—¿Y qué esperas que te cuente? —preguntó el otro en el colmo de la perplejidad.

Y el peregrino loco exclamó triunfante:

—Espero que me cuente quién soy yo.

En psicología, se le llama sombra a aquella parte de nosotros formada principalmente por los aspectos oscuros de nuestra personalidad que no queremos reconocer como nuestros, que pretendemos ignorar y que, al final, no tenemos más remedio que admitir y mirar a los ojos para que deje de importunarnos.

El conocimiento de uno mismo, requisito para alcanzar la realización vital, tiene momentos difíciles; como los que se derivan del conocimiento y la aceptación de nuestra sombra.

Errar es humano

En la mirada de aquella peregrina de mediana edad, el peregrino loco había percibido desde un principio la escasa simpatía que él le merecía. Y durante los días en los que compartieron marchas y descansos con el resto del grupo tuvo ocasión de confirmarlo en la animadversión que ella indefectiblemente le mostraba. De ahí que el loco optara, a la postre, por reducir al mínimo posible su relación con ella, con el fin de evitar la ocasión para más situaciones desagradables.

Un día, cuando el grupo se detuvo en mitad de la jornada para comer algo y reponer fuerzas, uno de los peregrinos ofreció generosamente para disfrute de todos una deliciosa ensalada de gambas que había comprado en la última población por la que habían pasado. Pero, antes de que el último del grupo en llegar se hubiese dispuesto para comer, la ensalada casi había desaparecido. Todos habían comido algo, pero la dama de mediana edad se había engullido, ella sola, casi la mitad de la ensalada, ante el cortés silencio del resto.

Cuando el último se sentó en el suelo con los demás, quedaba sólo una gamba y un trozo de lechuga.

—¡Podríais haber dejado algo para los lentos! —se lamentó con media sonrisa el peregrino.

—Eso díselo a ése —dijo la mujer señalando al peregrino loco—, que come con avaricia, como si no hubiera comido nada en toda su vida.

—¿Que yo qué? —gritó el peregrino loco poniéndose en pie de un salto— Pero... ¡si te la has comido tú casi toda! ¿Tendrá cara?

Pero, antes que retraerse ante la reacción del peregrino loco, la mujer insistió en su actitud, protestando airadamente y reiterando sus acusaciones.

Los demás intentaron poner paz, pero fue en vano. A medida que la mujer seguía increpando e incluso insultando al peregrino loco, la furia de éste iba en aumento; hasta que, colmada ya su paciencia, el loco vociferó:

—¡No voy a consentir que me acuses de lo que has hecho tú!

Después, se quedó callado, y miró con ojos enloquecidos a la mujer. Y cuando todo el mundo pensaba que iba a saltar violentamente sobre ella, el peregrino loco se quitó la gorra y la emprendió a patadas con ella, persiguiéndola así, a puntapiés y bufando, hasta alejarse a cierta distancia del grupo. Una vez allí, estuvo pisoteando la gorra hasta quedar exhausto; y luego, una vez superada su crisis furiosa, se sentó a descansar en una piedra.

Entonces se le acercó otro peregrino del grupo.

—No le hagas caso —dijo conciliador—. Todos hemos visto lo que ha pasado en realidad.

Pero el peregrino loco seguía refunfuñando a media voz, con palabras desarticuladas entre las cuales se podía entender de vez en cuando la palabra «gorda».

—¡Venga, hombre! —insistió el otro peregrino—. Sí, es cierto, se ha equivocado contigo —admitió—. Pero, al fin y al cabo, errar es humano, ¿no?

El peregrino loco se volvió hacia el otro y le miró enarcando una ceja antes de contestar:

—Sí. Pero echarle la culpa a otro es más «humano» todavía.

Cuando no reconocemos nuestra propia sombra *suele suceder que la proyectamos sobre los que nos rodean, acusándoles a ellos de lo que en realidad es deficiencia nuestra. Y si la negativa a reconocer nuestra* sombra *se convierte en un hábito, podemos acabar viviendo en un mundo hostil, poblado por personas que «se empeñan» en mostrarnos su aspecto más desagradable; cuando la realidad es que esas personas no son más que espejos que reflejan nuestras propias deficiencias que no queremos reconocer como nuestras.*

Así, quizá nos descubramos lamentándonos en repetidas ocasiones de que los amigos no se han comportado según la amistad y la confianza que nosotros habíamos depositado en ellos, o quizá repitamos aquello de «todos los hombres son iguales» o «todas las mujeres son iguales».

Cuando veas que una misma experiencia desagradable se te repite una y otra vez en la vida con personas diferentes, sospecha. Quizá esas personas no han hecho más que reflejar tu propia sombra.

Pero la sombra *puede provocar problemas mucho mayores si quien proyecta su* sombra *sobre los demás es una persona con altas responsabilidades políticas, o con grandes poderes económicos o militares. De ahí la enorme importancia del trabajo interior, del conocimiento de uno mismo, para la paz mundial.*

El perro

El peregrino loco y un amigo suyo estaban tomándose un descanso en las escalinatas de la iglesia de un pequeño pueblo del Camino.

Mientras recobraban fuerzas apareció un perro desgarbado que, súbitamente y sin razón aparente, comenzó a girar repetidamente sobre sí mismo intentando morderse el rabo. Estuvieron viendo al animal realizar su inútil ruleta una y otra vez sin conseguir su objetivo hasta que el peregrino loco, adoptando un aire serio, le dijo a su amigo:

—¡Cuánto nos parecemos los seres humanos a los perros!
—¿Tú crees? —respondió el otro.
—Sí —dijo escuetamente el peregrino loco.
—¿En qué nos parecemos?
El peregrino loco sonrió.
—En que le damos muchas vueltas a las cosas.
El otro sonrió.
—¿Y bien? —le preguntó al loco animándole a continuar.
—Que por muchas vueltas que le demos... el rabo siempre está detrás.

Que nadie te engañe. Aunque te digan que van a inventar una máquina o un fármaco que va a quitar todos los dolores del mundo, no te lo creas. Aunque te hablen de una filosofía, una religión o una visión del mundo que va a terminar con todos los sufrimientos de los seres humanos, no caigas en la trampa.

Mientras sigamos cometiendo errores, seguiremos sufriendo las consecuencias que resulten de ellos; consecuencias que, necesariamente, harán que lamentemos el error. Y si no somos capaces de ver nuestros errores, seguiremos sufriendo y seguiremos echando la culpa a los demás, a la vida o al cielo.

En última instancia, mitigar el dolor y el sufrimiento que padecemos en la vida supone siempre un constante y profundo trabajo sobre uno mismo.

La tentación

El peregrino loco estaba sentado a la orilla del camino, disfrutando del sol y del paisaje cuando, de repente, se le apareció el demonio para tentarle.

—¿Qué haces aquí, insensato? —le dijo—. ¿Cómo te obstinas en perder el tiempo de esta manera? ¿Cómo puedes vivir así, como un mendigo, sin saber dónde vas a dormir esta noche, sin saber lo que te espera en el siguiente recodo del camino, cuando podrías estar viviendo tranquilamente en tu casa, con todas las comodidades que dejaste atrás?

El peregrino loco levantó una ceja y observó impasible al demonio, pero no dijo nada.

—¿No ves que te estás perdiendo todo lo mejor de la vida? —insistió el demonio.

El loco siguió guardando silencio y, luego, ignorando al impertinente, se entregó de nuevo a la contemplación del paisaje.

Pero el demonio no es alguien que se dé por vencido fácilmente, y continuó sin desmayo su asedio.

—¿No ves que el Jefe os deja tener ahora todo tipo de lujos y comodidades? Ya no tenéis que hacer penitencias ni sacrificios como éste. Ya no os pide que os vayáis al desierto durante veinte años ni que os subáis a una columna para pasaros allí el resto de vuestra vida. ¿Se puede saber qué haces aquí? ¿Por qué no vuelves a casa de inmediato y recuperas la vida que tenías antes, tu vida de cuerdo?

El peregrino loco se volvió hacia el demonio apretando los labios, y con evidentes signos de impaciencia contestó:

—Porque aquí disfruto de lo que me da la vida GRATIS, mientras que allí no tengo tiempo para disfrutar de lo que me venden los hombres a cambio de trabajo, préstamos y estrés.

Y el demonio se quedó callado, y comprendió que aquel hombre estaba verdaderamente loco.

¿Qué abunda más en el mundo, los cuerdos o los locos?

Con la casa a cuestas

En un descanso en el Camino, después de una tormenta de verano, el peregrino loco y su amigo se entretenían mirando el paso de un caracol por el sendero.

—¿Has visto? —le dijo el amigo al peregrino loco—. Va como nosotros... con la casa a cuestas.

—Te equivocas —respondió el peregrino loco con una voz ronca—. Él no es tan insensato como nosotros.

—¡Ah! ¿No? ¿Por qué? —preguntó el otro desafiante.

El peregrino loco se volvió a mirarle como si le hubiera insultado, y levantando la voz en tono provocador le dijo:

—¡Te reto a que vuelvas a hacer el Camino con la tele, el vídeo, la lavadora, el frigorífico, el automóvil y el apartamento colgados de tu espalda!

Para ser felices no necesitamos tantas cosas como acumulamos. En realidad, el asunto quizá habría que contemplarlo al revés: cuanto más acumulamos, más infelices terminamos por sentirnos.

Autoestima

Mi gran problema es que no me valoro, no me acepto a mí misma —le decía una peregrina al peregrino loco durante una marcha—. En realidad, creo que nunca me he querido a mí misma.

El peregrino loco dejó escapar unas risitas.

—En realidad, lo que yo creo es que te quieres demasiado —le dijo con una sonrisa maliciosa.

—¡No! —protestó la muchacha—. Si me quisiera a mí misma, me valoraría más y me aceptaría como soy.

El peregrino loco clavó su extraña mirada en la joven.

—Si no te quisieras a ti misma no te habrías situado en el centro de tus preocupaciones, ¿no te parece?

Y ante el silencio de la muchacha, añadió:

—En realidad, nuestro problema es el contrario; no lo que parece ser.

—¿Qué quieres decir? —preguntó la peregrina.

—Que mientras nos queramos tanto, hasta el punto de obsesionarnos por nosotros mismos, no encontraremos atisbo alguno de felicidad.

»Sólo si te apartas del centro de tus preocupaciones y pones ahí a los demás, podrás olvidarte de ti misma y, de paso, olvidarte de tus problemas».

—Pero, para situar a los demás en el centro de mis preocupaciones, primero tendré que amarles. Y si no me amo a mí misma, ¿cómo voy a poder amar a los demás? —insistió la joven.

—Ésa es la trampa que tiende tu ego, para que le atiendas a él y te olvides de los demás —replicó inexorable el peregrino loco.

La muchacha no acababa de comprender lo que pretendía decirle su extraño compañero de peregrinación.

El loco prosiguió.

—Si en tu consciencia no queda espacio para el «yo», ¿quién habrá ahí que pueda deprimirse? ¿Quién habrá ahí que pueda valorarse hasta el engreimiento o subestimarse hasta la miseria?

»Si no hay "yo" en tu foco de atención, no hay problemas que puedan sumirte en la oscuridad —siguió adelante el peregrino loco—; porque no hay sujeto paciente de esos problemas.»

Y, sentenciando, añadió:

—Olvídate de ti misma, y superarás todos tus problemas de autoestima.

La joven no respondió. Simplemente, se quedó mirando al peregrino loco con cierto aire de estupor.

—Sí. Ya sé que estoy loco —le dijo él en respuesta a su mirada.

«Ama a tu prójimo como a ti mismo», nos dijeron desde pequeños. Y si nos fijamos, ese «como a ti mismo» establece como un hecho consumado que nos amamos a nosotros mismos. No dice «Ámate a ti mismo con el fin de que puedas amar a los demás».

Y es que al ego le gusta jugar con nuestras pretensiones espirituales.

Aunque en algunos ambientes pseudoespirituales te digan que te ames mucho a ti mismo y que «te mereces» un montón de cosas, no olvides que todas las grandes tradiciones espirituales de la humanidad, que todos los grandes maestros siempre hablaron de «negarse uno a sí mismo» y de «olvidarse uno de sí mismo» como camino hacia la realización y la felicidad.

Son dos caminos completamente diferentes que llevan a sitios completamente distintos. En el primero, se pretende fortalecer al ego. En el segundo, se pretende hacerlo desaparecer. [1]

---

1. Así, no es de extrañar que grandes psicólogos, como Albert Ellis o Arnold A. Lazarus, autores de verdaderos libros de autoayuda, hayan insistido en la conveniencia de «anular» el ego para «incrementar la salud y la felicidad». A este respecto, véase: Lazarus, Arnold A. (1981), «Hacia un estado del ser sin ego», en Ellis, A. y Grieger, R. (Ed.), *Manual de terapia racional-emotiva*, Bilbao, Desclée de Brouwer. Y también: Ellis, Albert (2000), «La TREC anula gran parte del ego humano», en Albert Ellis y Shawn Blau (Ed.), *Vivir en una sociedad irracional*, Madrid, Ed. Paidós Ibérica.

El escaparate

El peregrino loco se había parado frente al escaparate de una tienda, y observaba detenidamente el reflejo de su imagen en el cristal.

—Sé que puedo conquistarla —se dijo a sí mismo, pensando en la joven peregrina que se había unido al grupo en la jornada anterior—. De hecho, yo me merezco tener una compañera tan hermosa como ella.

Se separó del escaparate un par de pasos e intentó obtener una imagen general de su estampa.

—Y sé que puedo resultar tan seductor como cualquiera, siempre y cuando confíe en mis atractivos personales —dijo en voz baja, mientras observaba su desgarbada figura reflejada en el cristal.

—Mi mirada puede ser de lo más cautivadora —afirmó al tiempo que levantaba una ceja por encima de sus extraviados ojos.

—Y mi sonrisa tiene un encanto irresistible —murmuró mientras mostraba su desigual dentadura.

El peregrino loco estuvo unos instantes en silencio, observando su sonrisa en el reflejo del cristal. Después, dejó de sonreír, y se quedó mirándose fijamente a los ojos, como si el que tuviera delante fuera un desconocido para él.

Al cabo, esbozó un gesto de hastío y, echándose de nuevo a caminar calle abajo, masculló entre dientes:

—Esto del pensamiento positivo no es para mí.

El pensamiento positivo puede ser una herramienta útil, siempre y cuando no se despeguen los pies del suelo y perdamos contacto con la realidad. De lo contrario, el supuesto pensamiento positivo puede convertirse en «pensamiento ilusorio» o, incluso, en «pensamiento irracional», y traer así más problemas que soluciones.

Por esto, en lugar del simple uso del pensamiento positivo, sería conveniente más bien **aprender a pensar**.[2]

---

2. Dentro del campo de la psicología se disponen ya de poderosos sistemas para aprender a pensar. En la corriente de Terapia Racional Emotiva Conductual y de Terapia Cognitiva Conductual existen numerosos y buenos libros de autoayuda escritos por destacados psicólogos que pueden resultar de gran utilidad. En última instancia, también se puede recurrir a un psicólogo especialista en esta área.

Historias de fantasmas

No deberías contar historias de fantasmas —me dijo el peregrino loco después de leer por encima de mi hombro la historia de una peregrina del siglo XIX que afirman se aparece a otros peregrinos en las inmediaciones de Mansilla de las Mulas.

—¿Por qué no he de contar historias de fantasmas? —le pregunté intrigado.

—Porque luego la gente se las cree.

—¿Y qué que luego la gente se las crea? Uno tiene derecho a creer o dejar de creer lo que quiera, siempre y cuando no haga daño a nadie, ¿no?

—Si, pero... —dudó—. Es que luego hay gente que se enfada porque otros se crean esas cosas

—¿Y precisamente tú te preocupas por eso? —le dije con una sonrisa irónica.

—¡Si que me preocupo por eso! —exclamó molestó.

—¿Por qué?

—Porque, cuando se enfadan, con el fin de apuntalar su propio castillo de ideas, se repiten tanto a sí mismos su propia visión del universo, que luego me resulta muy difícil echarles el castillo por tierra.

Cuando nos aferramos con uñas y dientes a nuestras opiniones e ideas estamos descubriendo algunos de los soportes en los que nuestro propio ego, nuestro «yo», basa sus seguridades ficticias, pues sólo el ego teme perder sus puntos de apoyo, sus pequeñas verdades.

El espíritu no tiene miedo alguno, pues su anhelo es conocer la Verdad, y siempre está dispuesto a dejar atrás las viejas y pequeñas verdades, aunque esto suma al «yo» en la duda y la incertidumbre.

Las vidrieras

Oh! ¡Cuánta belleza! —exclamó el peregrino loco, extasiado ante la visión de las vidrieras de la catedral de León.
—Sí —admitió otro peregrino a su lado—. Son realmente bellas las vidrieras.
—No me refiero a las vidrieras —dijo el peregrino loco con fastidio—. Me refiero a la luz.
—¿La luz? —preguntó el otro confundido—. Fuera de la catedral también hay luz y no te ha llamado la atención.
—Porque fuera la luz no se ve, y aquí sí —respondió el loco.
—¿Cómo que fuera la luz no se ve? ¡Sí que se ve!
—No. No se ve —insistió—. Lo que ves es todo aquello que es iluminado por la luz. Pero a la luz, en sí, no la ves.
El otro peregrino se sorprendió del razonamiento del loco.
—Sin embargo, aquí dentro, la luz es visible —prosiguió el peregrino loco—. ¡Y es tan hermosa!
El otro peregrino levantó la vista de nuevo, valorando las observaciones de su extraño compañero, y contemplando la belleza de la luz.
—Por eso hacían vidrieras en las catedrales medievales —dijo de pronto el peregrino loco—. ¿De qué otra manera podrían haber hecho visible la luz dentro del templo? ¿De qué otra manera podrían haber hablado de Aquel que da vida a todo, pero a Quien nadie ve?

La luz hace visible las cosas a nuestro alrededor y, sin embargo, la luz no es visible en sí misma, salvo en determinadas condiciones.

Para que la luz se haga visible, tiene que «transaparecer», como diría el filósofo y arabista francés Henry Corbin, a través de un cristal coloreado, o a través de las partículas de polvo en suspensión, sobre un fondo oscuro.

Del mismo modo, la divinidad está presente ante nosotros en todo momento, pero no la vemos. Aunque, de vez en cuando, «transaparece» a través de la Belleza, sobre el fondo oscuro de la razón adormecida, cuando el pensamiento se detiene y nos permite simplemente ser.

Dividido

Después de haber caminado durante varias semanas y faltándole pocos días para llegar a Santiago, un peregrino comenzó a echar de menos las comodidades de su hogar hasta el punto de no poder quitarse de la cabeza la idea de estar en casa.

Comentándolo con el resto de peregrinos con los que solía caminar, todos estuvieron de acuerdo en que era absurdo abandonar ahora, después de tantas penalidades sufridas y faltando tan poco como faltaba para Compostela; que lo aconsejable sería aguantar un poquito más, que sólo eran unos días, tan sólo unos días en la vida, y que luego ya tendría tiempo de estar en casa.

Más tarde, habló con el peregrino loco. Le contó su situación y le dijo lo que le habían dicho el resto de compañeros.

Sin mediar palabra, el peregrino loco se levantó, agarró por el brazo al otro, y tirando de él le dijo:

—Vamos. No hay tiempo que perder.

—Pero... ¿adónde vamos? —le preguntó el desconcertado peregrino.

—A la estación de tren más cercana —le respondió sin dejar de tirar de él—. Te vuelves a casa.

—¿Por qué? —preguntó el otro confundido con la reacción del peregrino loco.

Y éste, dejando de tirar y acercando su nariz al corazón del peregrino, exclamó:

—Porque tienes que reunirte urgentemente con tu cabeza.

Nos pasamos la vida divididos, entre lo que nos pide el corazón y lo que nos marca la sensatez y el «sentido común». Nos pasamos la vida fragmentándonos entre corazón y cabeza, entre lo intuitivo y lo racional.

Y, sin embargo, la incomodidad, la frustración y el dolor provienen de la dualidad, de «ser dos» o, a veces, incluso más de dos.

Sólo a través de la integración en el Uno se supera todo esto. Corazón y cabeza están diseñados para trabajar juntos en unidad.

¡Pero no olvides darle la última palabra al corazón!

La locura

¿Cómo fue que te volviste loco? –le pregunté en cierta ocasión al peregrino loco. Pero, en su locura, no me contestó.

Me miró desde el fondo abisal de su espíritu, como agradeciendo la pregunta, y se alejó por su camino como había llegado, calladamente.

Le seguí en la distancia, respetando su soledad y su silencio obstinado hasta que, al fin, el viento me trajo su voz en un susurro.

«Me volví loco cuando comprendí que tenía que amar hasta la locura, cuando supe que el Amor no admite medias tintas, ni acepta amantes tibios.

»Perdí el juicio cuando me negué a matar los retoños del Amor en mi pecho, cuando me enfrenté al mundo por defender mi derecho a amar, aun a sabiendas de que ni siquiera mis amigos me comprenderían.

»Me volví loco cuando toda la gente me trató de loco, por querer amar según el Amor y no según sus creencias sobre el Amor. Nadie es loco para sí mismo, sino sólo para los que dictaminan los límites entre la cordura y la locura.

»Me volví loco por Amor. Y desde entonces recorro los caminos, llevando mi delirio contagioso a los cuerdos desesperanzados y a los sensatos de mirada apagada que se atreven a hablar conmigo, esperando el día en que todos comprendan que los locos son ellos, por ser peces y no atreverse a nadar, por ser aves y no atreverse a volar.»

El peregrino loco calló, y el silencio me devolvió el eco de su voz quebrada en la distancia.

Luego, sin volver la vista atrás, siguió caminando su soledad, como si su confesión no hubiera tenido lugar, como si nunca me hubiera revelado nada.

Me senté en una piedra junto al polvoriento camino y, ocultando mi rostro con las manos, me eché a llorar.

Morírse

Después de un fuerte repecho en el sendero, el peregrino loco cayó al suelo exhausto; y con los brazos abiertos al cielo exclamó:

—He llegado... al límite de mis fuerzas... Me voy a dejar morir aquí.

Sus compañeros, acostumbrados a las extravagancias con que les solía obsequiar, optaron por no hacerle caso. Se miraron entre sí con una sonrisa en los labios y continuaron caminando.

A los diez minutos el peregrino loco les dio alcance.

—Creía que te habías muerto —le dijo uno de ellos con la más serena de sus expresiones.

—Y de hecho así fue —respondió como si nada el loco.

—¿Y entonces qué haces aquí?

El peregrino loco sacó a relucir su sonrisa habitual.

—Que me haya muerto no significa que tenga que dejar de caminar.

Cada nuevo ciclo en la vida significa una muerte interior, una pérdida que, en muchas ocasiones, resulta sumamente dolorosa.

Pero después de toda muerte se resucita a una nueva vida, y no nos está permitido dejar de «caminar».

Huída

Cuando el peregrino loco se enteró de que los últimos caminantes que habían dormido en aquel lúgubre refugio habían salido picados por las pulgas, salió corriendo como alma que lleva el diablo. Sus extrañados compañeros de peregrinación se miraron en silencio un instante y, luego, resignados, siguieron buscando un rincón donde dormir que ofreciera un mínimo de garantías.

Al cabo de un par de horas le vieron volver con una enorme barba que, a pesar de su tamaño, no podía ocultar una sonrisa de complacencia.

—¿De qué te has disfrazado? —le preguntó desconcertado uno de sus compañeros de viaje.

—No es un disfraz —respondió el peregrino loco dándose importancia.

—¿Pues, entonces, qué es esa barba que llevas puesta?

—¡Es un señuelo para pulgas! —exclamó al fin con satisfacción.

El silencio expectante del grupo de peregrinos se desvaneció de pronto en una salva de comentarios burlones y expresiones malsonantes. La plácida sonrisa del peregrino loco se transformó en enojo y, tirándose de las barbas enfurecido, vociferó:

—¡Pues, cuando esta noche os piquen las pulgas, no vengáis a pedirme mi señuelo!

De nada nos va a servir disfrazarnos de lo que no somos cuando las realidades de la vida vengan a pasarnos factura por los errores cometidos, cuando lleguen las consecuencias de las causas erróneas puestas en marcha. Y esto es algo que conviene que consideremos tanto en lo individual como en lo colectivo.

No va a servir de nada que te disfraces de solidario, si luego votas a partidos que defienden tu bolsillo o tus intereses frente a otros más desfavorecidos.

No va a servir de nada que nos disfracemos de sociedad civilizada, si luego volvemos la espalda a otros pueblos más pobres o, incluso, los colonizamos económicamente o los explotamos.

El fariseísmo termina por alcanzarnos a todos... y sus consecuencias también.

Curar

El peregrino loco estaba sentado con un libro abierto en cada mano, uno era de acupuntura y digitopuntura, y el otro era una guía del Camino. Su mirada iba de uno a otro, y se le veía sumamente interesado.

Cuando uno de sus compañeros se percató del absurdo de leer dos libros a la vez, que eran además de temas tan dispares, no pudo evitar el preguntarle qué era lo que estaba haciendo.

—¿No lo ves? Pretendo curar al planeta —le respondió sin levantar la vista de los libros.

Pero el otro cometió el error de volver a preguntar.

—Pero... ¿cómo pretendes curar al planeta con lo que estás leyendo?

Esta vez el peregrino loco sí que levantó la vista, miró en todas direcciones y luego, en voz baja, le contestó:

—Mientras camino es como si hiciera digitopuntura...

—¡Ah! —exclamó el otro fingiendo comprender—. ¿Y las agujas de acupuntura de dónde las vas a sacar?

El peregrino loco sonrió.

—Ya están puestas.

—¿Sí? ¿Dónde?

—¿Acaso no has visto los cruceros...? —le dijo levantando las cejas.

El otro peregrino se quedó mudo.

—Sólo hay que caminar y meditar un poco en cada crucero y en cada iglesia del Camino —añadió el peregrino loco volviendo a sonreír—. Nada más.

La fe, realmente, puede «mover montañas». Y todo intento pacífico es válido, cuando se pretende sanar la maltrecha salud de nuestro planeta.

¡Ah! Y, por favor... ¿podrían volver a poner en su lugar los cruceros que quitaron de su emplazamiento original? Quizá los antiguos sabían cosas que el tan civilizado hombre moderno puede que ignore.

Después de los cuarenta

Por qué dicen que sólo después de los cuarenta es cuando se puede trabajar en los más altos niveles espirituales? —le preguntó un joven peregrino al peregrino loco.

—¿Te gustan las mujeres? —se limitó a preguntar el peregrino loco.

—Sí, claro —respondió el joven—. ¿A ti no?

—Sí. También —contestó el loco, y no dijo nada más.

El joven se quedó mirándolo, sin entender lo que había pretendido decirle.

—¿Has visto una olla a presión alguna vez? —volvió a preguntar el peregrino loco al cabo de unos instantes.

—Sí, cómo no —respondió el joven—. Mi madre tiene una.

—¿Cuándo se puede destapar y sacar lo que hay dentro? —volvió al ataque el peregrino loco.

—Cuando deja de haber presión —dijo el joven.

El peregrino loco dibujó una sonrisa triunfante en los labios y añadió:

—Antes de los cuarenta sería imposible «abrir» a un hombre.

Tanto entre los místicos sufíes musulmanes como entre los cabalistas judíos se dice que es a partir de los cuarenta años

de edad cuando el hombre puede alcanzar las más altas cotas espirituales.

No es que antes de esa edad no se pueda llevar un proceso espiritual intenso y profundo; es que, como todo en la vida, la madurez lleva en sí la esencia de la plena realización.

El número 40, símbolo de purificación, marca el punto a partir del cual el ser humano deja de aferrarse a los atractivos del mundo exterior y comienza a inclinarse de forma natural hacia el mundo interior; de ahí que le resulte más fácil ahondar y hacer profundos descubrimientos sobre sí mismo y sobre la vida.

El aprendizaje realizado a lo largo de la existencia, unido a ese cambio natural de tendencia, puede dar magníficos frutos al buscador sincero.

Buscando las lentes

¿Qué es lo que estás buscando? —le preguntó un amigo al peregrino loco.

—Mis lentes —respondió éste sin dejar de buscar.

—Pero... ¡si las llevas puestas! —exclamó el otro.

—¡Ya lo sé! —exclamó impasible el peregrino loco.

—Entonces, ¿por qué las sigues buscando?

El loco se detuvo, y fingiendo que hacía acopio de paciencia le dijo al otro:

—Porque lo verdaderamente valioso de una búsqueda está precisamente en la búsqueda, no en el encuentro.

Y siguió buscando sus lentes.

Los momentos que con mayor nostalgia recordamos son los del esfuerzo por la consecución, no los de la consecución en sí.

Disfruta de la búsqueda, y no aplaces tu felicidad hasta el día de la consecución.

Libertad

—¿Qué vas a hacer cuando vuelvas a la esclavitud? —le preguntó el peregrino loco al compañero que iba a su lado.
—¿Esclavitud? —exclamó éste sin entender—. No sé qué es lo que quieres decir con eso.
—Sí —insistió el peregrino loco—. ¿Qué vas a hacer cuando vuelvas a la vida cotidiana?
—¿Y a eso le llamas tú *esclavitud*? —le preguntó el otro con una sonrisa—. Yo más bien le llamaría *libertad*.
—¿Estás seguro?
—¡Sí!
El peregrino loco guardó silencio por unos instantes, al cabo de los cuales le dijo a su acompañante:
—Al igual que aquí, vas a tener que seguir levantándote temprano todos los días para ir al trabajo, ¿no?
—Sí, claro.
—Y por lo que me dijiste, en tu trabajo no ves horizontes ni montañas, ¿verdad?
—Sí... bueno...
—Y te vas a encontrar de nuevo con el pago mensual del piso, del que todavía tienes que pagar letras durante diez años más, ¿no es eso?
—Sí, claro, pero...
—Y con el pago del automóvil, y la luz, el teléfono, la basura, el gas, los plazos de los electrodomésticos...

—Sí, sí, sí, es cierto —le interrumpió el otro aceptando resignadamente lo que le decía—. Todo eso me va a tocar hacer de nuevo cuando vuelva.

Y el peregrino loco, levantando una ceja y exhibiendo la más sarcástica de sus sonrisas, preguntó:

—¿Y a eso le llamas tú *libertad*?

«Sentido común» no necesariamente significa «cordura». A veces, el sentir común de una sociedad en su conjunto, sus visiones de la realidad y sus costumbres, pueden estar seriamente dañadas en cuanto a su cordura.

De vez en cuando, conviene escuchar a los «locos».

Felicidad condicional

Aquella joven peregrina parecía sentirse a gusto en compañía del peregrino loco, con el cual conversaba largamente durante las jornadas.

—Seré feliz el día en que me pueda comprar una casa —le dijo la joven un día—, con unos amplios ventanales y una terraza sobre el mar; y una buhardilla forrada en madera donde leer las tardes de lluvia...

—¿Y por qué no eres feliz ya? —la interrumpió el peregrino loco.

La muchacha no esperaba aquella pregunta.

—¿Por qué motivo tendría que ser feliz ya? —preguntó.

—¿Acaso dice en alguna parte que hay que tener un motivo para ser feliz? —preguntó a su vez el loco.

La joven guardó silencio mientras reflexionaba.

—No, supongo que no —dijo al fin—. Pero se supone que todo el mundo debe tener un sueño que, cuando se cumple, le hace sentirse inmensamente feliz, ¿no?

—Sí. Eso hace la mayoría —reconoció el peregrino loco—. Pero, de este modo, lo único que hacen es hipotecar su felicidad, condicionarla al hecho de que se haga realidad este o aquel deseo. Y si el deseo no se hace realidad, entonces caen en el lado opuesto y se sienten tremendamente desdichados.

—Bueno —aceptó la muchacha sin mucho convencimiento—, es una manera de ver las cosas.

—No, no es sólo una manera de ver las cosas —levantó la voz el loco como si en ello le fuera su demencial «prestigio»—. La gente se pasa la vida persiguiendo deseos y diciéndose que serán felices cuando los alcancen; sólo para conseguirlos, ser felices dos días y buscarse un nuevo deseo con el cual poner la felicidad a otros dos o tres años vista. Se comportan como el burro detrás de la zanahoria, siempre corriendo detrás de sus sueños para no ser felices nunca.

—Si. Puede que tengas razón —admitió la joven sin demasiado énfasis.

—¡Claro que tengo razón! —levantó la voz aún más el loco— ¿Cómo espera ser feliz la gente si le ponen condiciones a su felicidad?

La muchacha parecía divertida con el estallido de su extraño compañero, pero no respondió.

—«Si me toca la lotería, seré feliz.» «Si me dice que me quiere, seré feliz.» «Cuando me case y tenga hijos, seré feliz.» «Cuando encuentre un buen empleo, seré feliz.» —agregó en tono burlón, imitando las expresiones de la gente— Así, establecen su propio programa mental para ser desdichados. Siempre ponen la felicidad lejos de ellos, en el futuro, nunca en el presente. ¡Y luego se quejan de lo ingrata que es la vida!

La peregrina se detuvo, con una sonrisa maliciosa en los labios, y le dijo en voz baja al peregrino loco:

—Oye, ¿con quién estás enfadado?

El loco la miró como aturdido por unos instantes y, luego, en voz baja, como contándole un secreto, le contestó:

—Estoy enfadado con la estupidez humana.

Rendición incondicional

Cuando se le pasó el enfado al peregrino loco por causa de la estupidez humana, la joven peregrina consideró que podría volver sobre el tema sin riesgo de un nuevo cambio de humor en su amigo.

—Entonces, ¿tú propones que seamos felices ya, sin esperar a que se cumplan nuestros deseos, sin motivos? —le preguntó de improviso.

—Efectivamente —respondió él—. No necesitas ningún motivo para ser feliz. Basta con desearlo.

—No acabo de ver cómo lograr eso —dijo la muchacha—, cómo ser feliz sin motivo alguno.

—Es fácil cuando tu corazón está en paz —respondió el loco.

—¿Y cómo se consigue esa paz, si puede saberse? —insistió ella.

El peregrino loco sonrió.

—Cuando sacas la bandera blanca y te rindes incondicionalmente a la vida.

Nos pasamos la existencia dictaminando *cómo «debería» ser la vida, las cosas que «deberían» suceder o no, cómo «deberían» comportarse los demás con nosotros o, incluso, cómo «deberíamos» ser nosotros para que todo estuviese «bien», «en*

su sitio». Así, convertirnos nuestra existencia en una cadena de insatisfacciones, porque la realidad no suele ajustarse a nuestros deseos.

¿Qué tal si somos más «realistas», si ponemos los pies en el suelo, y dejamos de exigir que el universo se adecúe a nuestros deseos, a los deseos de un minúsculo ser, perdido en la superficie de un pequeño planeta extraviado en las inmensidades siderales?

Sobredosis

El peregrino loco se sentó a hacer oración a los pies de un crucero en una pequeña aldea del Camino. Mientras sus compañeros bebían agua y comían algo de fruta, él permaneció allí sentado con los ojos cerrados y en actitud concentrada.

Al cabo de diez minutos, y sin poder evitarlo, sus amigos le vieron caer como un viejo árbol segado por el hacha del leñador hasta darse con las narices en el suelo.

Sus compañeros acudieron a levantarlo entre risas y extrañeza por lo sucedido.

—¿Qué te ha ocurrido? —le preguntaron cuando consiguieron sentarlo de nuevo.

El peregrino loco abrió los ojos y los miró a todos extrañado, como si no supiera dónde estaba.

—¿Qué te ha pasado? —le volvieron a preguntar.

Y rascándose la cabeza respondió:

—Oh, bueno... nada... Que me han dado una «sobredosis espiritual».

La «adicción» a Dios es irrecuperable.

Cuando «te pilla», sabes que estarás «enganchado» para siempre.

Seguridad

En una taberna del Camino, un agente de seguros intentó hacer presa en el peregrino loco.

—¿No me diga que no dispone usted de un seguro de vida? —exclamó el agente en un momento de la conversación, con una expresión de sorpresa decididamente exagerada.

—No. No tengo un seguro de vida —respondió el peregrino loco con su voz cascada—. ¿Acaso puede usted asegurarme que no voy a perder la vida dentro de diez minutos?

—No. Eso no se lo puedo asegurar —respondió con fingida diversión el agente—, pero sí que puedo...

—Entonces, ¿por qué le llaman «seguro de vida», si no me aseguran que voy a vivir? —le interrumpió el loco.

—Porque lo que le aseguramos es la vida de su familia en caso de que usted fallezca...

—No tengo familia —interrumpió de nuevo el recalcitrante loco.

—Bueno, entonces quizá le pueda interesar un seguro de invalidez —insistió el agente—. Piense en lo que podría convertirse su vida si, por algún hecho azaroso, quedara usted inválido y, no teniendo familia, no tuviera a nadie que le pudiera atender, sin trabajo ni recursos económicos para poder salir adelante en tan penosa situación...

—¿Qué probabilidades hay de que me quede inválido? —le interrumpió de nuevo el peregrino loco— ¿Una entre un millón?

¿O menos aún? No creo que merezca la pena engordar sus bolsillos ante una posibilidad de desgracia tan pequeña.

Pero el agente de seguros, haciendo acopio de paciencia, se resistía a darse por vencido.

—¿Y qué me dice de un seguro para el hogar? Puede incendiársele la casa... o pueden entrar a robarle... incluso puede perderlo todo si un terremoto le deja a usted sin pertenencia alguna.

En esta ocasión, el peregrino loco no dijo nada, y el agente de seguros pensó que quizá había dado en el clavo y su víctima estaba pensando en la posibilidad de hacerse un seguro para el hogar.

El loco miró al otro en silencio, como si estuviera reflexionando concienzudamente en sus palabras, y al cabo de unos instantes interminables, le dijo en un susurro:

—¿Por qué se empeña usted en que yo sienta pánico ante la vida?

El agente de seguros se retiró sorprendido por la pregunta del peregrino loco. Ciertamente, nadie se había comportado así ante sus sugerencias con anterioridad. Pero el loco no había terminado con él.

—¿Le parece sensato no sólo vivir del miedo de la gente, sino incluso intentar que sientan más miedo todavía ante la vida?

El hombre abrió los ojos desmesuradamente, con un gesto de horror que no pasó desapercibido para el resto de parroquianos de la taberna.

—¿No le parece a usted que su actitud no sólo es morbosa, sino que además atenta contra la salud mental de las personas con las que habla?

Y el agente de seguros, confuso y molesto con las objeciones del peregrino loco, se levantó y abandonó la taberna diciendo en voz alta:

—¡Está usted loco!

Y el peregrino loco, levantando una ceja y con una sonrisa maliciosa en los labios, exclamó en voz baja:
—Sí... Eso dicen.

¿Dónde se encuentra la «locura» y dónde la «cordura»?

Ampollas

Tú dices que todo enseña algo, ¿no? —le dijo en tono desafiante uno de sus compañeros al peregrino loco.
—Sí. ¿Por qué? —le respondió éste.
—Porque me gustaría que me dijeras qué te han podido enseñar las ampollas —le dijo con una sonrisa irónica mientras buscaba con la mirada la complicidad de los otros.
El peregrino loco fingió sentirse atrapado.
—Oh, bueno... no me lo había planteado... —dijo—. Pero... quizá... quizá nos podrían dar una lección sobre la vida...
—¿Sí? —dijo el otro divertido— ¿Cómo es eso?
—Por ejemplo —continuó el loco—, las ampollas nos enseñan que hay ocasiones en que huir del dolor puede ser peor.
El otro peregrino frunció el entrecejo intrigado.
—Si tienes una ampolla y no la pisas por no sentir el dolor —prosiguió— tendrás que torcer el pie ligeramente, de manera que al cabo de diez, quince o veinte kilómetros estarás provocando un problema en las articulaciones... que a la larga traerá mayores complicaciones.
Y exhibiendo de pronto su habitual sonrisa burlona, agregó:
—Gracias a lo que me enseñaron las ampollas no me alejé de ti cuando me di cuenta de que eras un cretino.

Todo aquello que se nos antoja negativo tiene algún sentido. Que no sepamos descubrirlo es, únicamente, deficiencia nuestra en sabiduría y discernimiento.

Los acontecimientos dolorosos suelen suponer importantes aprendizajes que nos van a llevar a adoptar una actitud más ajustada ante la vida y, de ahí, a aumentar nuestras posibilidades de realización y felicidad.

Lo bueno de estar loco

Algún día, los políticos serán sinceros y honestos, hablarán con el corazón en la mano, y darán ejemplo a sus conciudadanos de ecuanimidad, comprensión, diálogo y humildad —decía en voz alta el peregrino loco a otros peregrinos que compartían con él albergue.

»Algún día, las empresas harán sus productos por la satisfacción de las cosas bien hechas, cobrarán un precio justo y adecuado por ellos, y pagarán con justicia a sus empleados y a los productores que les proveen.

»Algún día, no habrá nadie que pase hambre, ni viva en la miseria en ninguna parte del mundo; animales y plantas podrán vivir junto a nosotros sin que les molestemos y la Tierra tendrá cielos y mares limpios de todo tipo de contaminación.

»Algún día, los ejércitos se convertirán en grandes organizaciones de protección civil, y las armas desaparecerán para siempre de la faz de la Tierra.»

El peregrino loco hizo un silencio y, luego, añadió:

—En resumen: algún día, los hombres harán las cosas por los hombres, y no por dinero; harán las cosas por los demás, y no por sí mismos.

Cuando el peregrino loco calló al fin, se hizo un silencio pesado. El resto de peregrinos del albergue contemplaban atónitos a su extraño compañero, al tiempo que éste los miraba a todos como esperando una respuesta.

Al cabo, y ante la ausencia de respuesta por parte del aturdido auditorio, el loco esbozó una sonrisa displicente y, dando media vuelta, abandonó la sala mascullando entre dientes:

—Lo bueno de estar loco es que jamás dejaré de creer que los sueños se pueden hacer realidad.

Las grandes conquistas de la humanidad nunca fueron hijas de personas conformistas o «sensatas», de personas que creyeron a pies juntillas las consignas pesimistas de su sociedad respecto a la imposibilidad de cambiar las cosas.

Las grandes conquistas de la humanidad fueron siempre las hijas anheladas de unos pocos locos soñadores.

El gozo

Cuando el peregrino loco llegó al Monte del Gozo se sentó en el suelo y guardó silencio durante un largo rato, mientras sus compañeros celebraban alborozados la llegada a Santiago.

Después de los abrazos y de todas aquellas expresiones de alegría, decidieron proseguir. Estaban ansiosos por entrar en la ciudad, de modo que se colocaron nuevamente los morrales y se dispusieron a partir.

Pero el peregrino loco no se levantaba del suelo. Con unos gruesos lagrimones en las mejillas miraba en la distancia las torres de la catedral.

—¿Acaso te vas a quedar ahí todo el día? —le dijo uno de sus compañeros.

—¡Entremos cuanto antes en Santiago! —exclamó otro entusiasta.

—Id vosotros delante —les respondió él en voz baja—, que ya os alcanzaré en la catedral. Dejadme que repose un poco más en este lugar... Dejadme que alargue un poco más este hermoso viaje.

Lo más hermoso de los sueños se encuentra en el camino que lleva hasta ellos. Lo más hermoso de los sueños es soñar. Si, más tarde, la Vida tiene a bien hacer realidad tu sueño, agradécelo y disfruta de esa realidad. Si no, agradécelo también, sabiendo que te llevas en tu corazón la mejor parte de todo el proceso.

Los cinco deseos

Cuando el peregrino loco entró en la catedral de Santiago y vio el Pórtico de la Gloria se sintió abrumado. La belleza de aquella grandiosa obra de arte en piedra se le impuso en el alma con la fuerza de algo que, con un hechizo invisible, cautivara sus sentidos.

Después, una vez hubo llenado sus ojos en la contemplación del gran pórtico, el loco se puso en la hilera de peregrinos que esperaban su turno para poner la mano en el parteluz en el que se apoya la imagen del apóstol. A lo largo de los siglos, desde la Edad Media, las manos de los peregrinos han horadado la piedra hasta dejar la huella de una mano humana en ella. Y era allí donde le habían dicho al peregrino loco que tendría que poner sus cinco dedos para pedir cinco deseos.

Esperando en la hilera, estuvo pensando qué cinco deseos pedir, pero no se le ocurría ninguno; y a medida que se aproximaba al parteluz del pórtico, se iba poniendo más nervioso, al ver que llegaría su turno y no sabría qué pedir al apóstol.

Al fin le llegó su turno, y el peregrino loco puso la mano en aquel lugar donde millones de peregrinos de todos los tiempos habían puesto las suyas... pero seguía sin saber qué peticiones hacer.

El peregrino loco miró la figura del apóstol encima de él, y luego se volvió para ver la hilera de peregrinos que, detrás de él, esperaban su turno para expresar sus deseos. Volvió a mirar al apóstol y, entonces, se le oyó decir:

—Mira, tú y yo sabemos que Él cuida de todos nosotros, y que incluso Él sabe mejor que nosotros lo que necesitamos; aunque a veces no nos haga ninguna gracia, o incluso nos parezca una mala pasada.

»Así que, si te parece, no te voy a pedir nada, aunque sólo sea por no agobiarte más de lo que te agobian todos éstos.

»Simplemente, dile que lo que haga me parecerá bien; aunque en principio no lo entienda o, incluso, llegue a pensar que se ha vuelto loco.»

Cuando el peregrino loco terminó su conversación con el apóstol, se percató de que se había hecho un silencio sepulcral en la hilera de los peregrinos, que habían estado escuchando atónitos su discurso.

El peregrino loco los miró a todos con semblante serio y, acto seguido, les dijo tranquilamente:

—No os lo toméis a mal, ¿de acuerdo?

Y, luego, se introdujo plácidamente en el interior de la catedral.

Entre los místicos sufíes, se considera poco menos que una insolencia orar a la divinidad para pedir el cumplimiento de deseos personales egoístas.

Y lo cierto es que, si atendemos a las enseñanzas sagradas de todas las grandes religiones, ésta es una idea que se hace evidente por sí misma.

El ego se desvanece como un espejismo en el mundo del Espíritu.

Donde todo es Uno, ¿cómo mantendrás las fronteras de tu «yo»?

Creencias

El peregrino loco se encontraba con uno de sus compañeros frente al cofre donde se dice que se hallan los restos del apóstol Santiago.

Por extraño que pueda parecer, aquel hombre no era creyente, a pesar de haber recorrido como peregrino la ruta a Compostela. Se había unido al grupo del peregrino loco pocos días antes de llegar a Santiago, pero un par de largas conversaciones con él le habían hecho sentirse cómodo con aquel extraño personaje de voz quebrada y mirada enloquecida.

En un momento en que el azar quiso que se quedaran a solas delante del cofre plateado, el hombre le preguntó al peregrino loco:

—¿De verdad crees que después de la muerte hay algo?

—Bueno... —dijo el loco con la mirada puesta en el cofre— podría creer en otra cosa, pero un día decidí que iba a creer en eso.

—¿Lo decidiste? ¿Así como así? —volvió a preguntar, extrañado, el otro peregrino.

—Sí —le respondió el peregrino loco cargado de razón—. Las creencias no son cosas que le llegan a uno y las asume porque no tiene más remedio. Es uno mismo el que elige creer en algo o no. Es un acto de la voluntad.

—Sí, en cierto modo, así es —admitió el otro—. Pero para mucha gente no es así. Simplemente, les inculcan unas creencias cuando son niños, y en muchos casos ni siquiera llegan a plantearse su validez cuando han madurado y piensan por sí mismos. En realidad, nunca llegan a elegir lo que van a creer.

—Sí. Es cierto —respondió el peregrino loco—. Yo dejé de creer en cosas espirituales siendo joven. Y luego volví a creer...

Y trazando su siempre desconcertante sonrisa, añadió:

—Pero de otra manera.

Hubo un breve silencio entre ambos, mientras un pequeño grupo de peregrinos entraba a visitar el lugar. Al cabo, cuando se fueron, el compañero del loco comentó:

—Pues yo creo que después de la muerte no hay nada.

El peregrino loco dejó oír unas risitas.

—¿Por qué te ríes? —preguntó el otro un tanto molesto.

—Me río porque, si después de la muerte no hay nada, yo ni siquiera tendré tiempo de darme cuenta de que estaba equivocado. Pero si después de la muerte hay algo, tú no vas a poder encontrar un muro donde darte de cabezazos cuando tengas que reconocer que pasaste toda tu vida equivocado.

—Pues yo estoy convencido de no estar equivocado —dijo el otro sin poder ocultar su irritación por el tono burlón del loco.

—Sé práctico, amigo —le respondió el peregrino loco aún más divertido que antes—. Tu materialismo es una cuestión de orgullo no consumado. Porque, tanto si tienes razón como si no, nunca tendrás ocasión de decir: «Yo tenía razón».

En última instancia, cuando el místico alcanza la Unidad es cuando se percata de la futilidad de todas las creencias.

Pero ésa es otra historia... que no pertenece a este mundo.

Lógica

Cuando el peregrino loco dijo que iba a continuar su camino hasta Finisterre sus amigos llegaron de una vez por todas a la profunda convicción de que estaba loco.

—¡No estás bien de la cabeza! ¿Tú sabes lo que dices? —le increpó uno—. Después de caminar centenares de kilómetros, ¿aún te planteas seguir caminando cuando ya has llegado a la meta?

—Resulta paradójico, ¿verdad? —le respondió el peregrino loco con ironía—. Continuar el Camino después de llegar a la meta...

—¡Pues, sí! —le dijo otro—. No tiene sentido continuar hasta...

—¿Cuál es el símbolo de los peregrinos? —interrumpió el loco levantando la voz.

Se hizo un silencio momentáneo.

—La *vieira* —respondió al final uno, refiriéndose a la venera marina con que se identificó desde siempre a los peregrinos que iban a Santiago.

—Y eso tiene su origen en el océano, ¿no es así? —continuó el loco.

—Pues, sí... pero...

—Pues, entonces está claro —concluyó—. Tengo que ir hasta el océano a por mi *vieira*.

Que la mayor parte de una sociedad o de un grupo haga determinadas cosas, o sostenga determinadas ideas, no significa que sea «lo adecuado» o «lo correcto», ni siquiera aún cuando sea encarecidamente impulsado por las autoridades sociales, políticas o religiosas.

Vagabundos

El peregrino loco llegó a un parque buscando un lugar donde acomodarse para pasar la noche. Después de recorrer sus avenidas de un extremo a otro, encontró por fin un banco de madera a resguardo del viento que se encontraba junto a otro banco en el cual estaba sentada una pareja de avanzada edad.

Cuando el peregrino loco comenzó a extender sus pertenencias vio como la mujer del banco vecino se levantaba haciendo gestos de desagrado.

—Vámonos de aquí —le oyó que decía a su marido—, que esto está lleno de vagabundos...

Y el peregrino loco, con una amabilidad exagerada, le dijo a la mujer:

—No se puede usted imaginar hasta qué punto tiene razón.

Todos, absolutamente todos, somos vagabundos en esta vida.
¿Acaso hay alguien que no esté aquí de paso?

Más allá de la cordura

Una profunda paz se fue adueñando del alma del peregrino loco a partir del momento en que comenzó a ver el mar.

En mitad de una de aquellas mañanas detuvo su marcha junto a una pequeña bahía rocosa de aguas tranquilas. Allí se desembarazó de su morral y, quitándose el calzado, puso a refrescar sus pies, mientras contemplaba en silencio el paisaje.

Sobre el rumor del agua que batía aburrida contra las rocas, la tímida brisa del mar le escuchó decir:

—Ahora ya sé por qué estoy loco... alguien tenía que hablar del mundo que existe más allá de los límites de la sensatez y la cordura humanas.

Alguien dijo en una ocasión que la sabiduría de los hombres es locura para Dios. Pero, por desgracia, también se da el caso opuesto, que la Sabiduría de Dios es locura para los hombres.

A merced de la marea

Al abrigo de las rías, el océano se torna sereno y lame las orillas con un suave vaivén de ondas que relajan la mirada y el alma. El hechizo pausado del mar atrapa el alma enamorada, y el alma del peregrino loco no podía sustraerse a esa llamada que le llevaba a abandonar la caminata con insistencia, cada vez que una ensenada o una playa rocosa se asomaba en su sendero.

En una de aquellas paradas calmosas, el loco quedó hechizado con la sinuosa danza de las algas a merced de la marea; hasta que un pececillo no más grande que la hoja de un olivo vino a nadar entre las algas, metiéndose entre sus largos brazos para asomar por otro lado, venciendo el suave empuje de la marea o ayudándose de ella a conveniencia.

Al cabo de un rato observando al pez y a las algas, el peregrino loco sonrió y dijo en voz bajita:

—Las algas son como las gentes, que se dejan llevar inconscientes por las mareas.

Y tras un breve silencio añadió:

—Es mejor ser pez.

El despertar de la consciencia, ese tomar conciencia de lo que ocurre en nuestro interior y en el mundo exterior, es el que posibilita que dejemos de ser «algas» para pasar a ser «peces»

Al final de ese proceso de despertar se encuentra el Despertar, salto definitivo de la consciencia en el cual el «pez» se percata de su verdadera naturaleza y esencia: «Todo es Océano, y Él es Eso».

Como dijo el poeta y místico sufí Rumi:

«No me llames infiel, ¡oh, alma mía! si te digo que tú misma eres Él.»

Océano

Cuando el peregrino loco llegó a la Playa do Mar do Fora, en Finisterre, dejó su morral y su bordón y se sentó en la arena. Embriagado por el olor del salitre y arropado por el rumor de las olas, el loco pasó largo rato contemplando el océano y el horizonte.

Finalmente, se desnudó cerca de la orilla y se sumergió en el mar en un baño ritual de despojo de sí mismo, para fundirse con el Padre Océano.

Estuvo largo tiempo en el agua, balanceándose con las olas, sintiéndose uno con el mar, con el cielo, con las rocas de la costa, con el universo todo...

Cuando fue a salir del agua, sintiéndose purificado y renacido, se encontró con que su ropa había desaparecido. Intentando localizarla miró en todas direcciones, hasta que vio flotando parte de ella entre las olas, adentrándose hacia el horizonte. La marea había subido mientras él se bañaba, y le había arrebatado lo único que tenía para cubrir su desnudez. Revolviéndose molesto contra el Padre Océano, el peregrino loco gritó:

—Una cosa era que me despojaras de mí mismo para desvanecerme en Ti, y otra muy distinta es que me robes la ropa y me dejes en cueros.

Y, cubriéndose con una manta ligera que llevaba en el morral, emprendió el regreso hacia la población de Finisterre diciendo:

—¡No hacía falta tanto realismo para convencerme de que soy un recién nacido!

Sumergirse en el océano del Ser, en la Divinidad, supone el desvanecimiento de la ilusión del «yo» y la constatación de la Realidad Una y la experiencia de la Consciencia Una que se es.

Después, al regreso a la dualidad, el Ser vuelve desnudo, dispuesto a revestirse de nuevo en la ilusión de la dualidad, pero sabiendo ya para siempre cuál es la Verdad de Su Naturaleza.

De oca a oca

Para celebrar el final de su camino, el peregrino loco se metió en una taberna del puerto pesquero de Finisterre con la intención de comer y beber hasta hartarse.

Estaba en ello, charlando amigablemente con el tabernero cuando éste le dijo inadvertidamente:

—Pues en cierta ocasión pasó por aquí un peregrino, así como usted. Pero aquél no se detuvo aquí...

—¡¿Cómo?! —exclamó el peregrino loco saltando como un muelle.

—No. No paró aquí —continuó el tabernero.

—¿Y adónde fue? —preguntó el loco visiblemente intrigado.

—Siguió camino hasta Muxía; un poco más al norte. Allí es donde dicen que se le apareció Nuestra Señora al apóstol.

El peregrino loco frunció el entrecejo con aspecto de estar seriamente preocupado.

—De oca a oca... —dijo hablando para sí mientras se rascaba la cabeza.

—¿Le pasa algo? —le preguntó el tabernero al verle tan ausente.

El peregrino loco no le oyó. Pagó al tabernero lo que había tomado, se colocó de nuevo su morral y partió de la taberna como si llevara prisa.

Cuando salía, al tabernero le pareció oír que el loco decía en voz alta:

—¡Acabemos la partida!

Para el caminante, para el peregrino de la Vida, la dicha y el gozo renacen cuando se descubre un nuevo horizonte que alcanzar.

El regreso

¿Qué vas a hacer ahora? —le pregunté al peregrino loco cuando llegó a Muxía y se sació de rocas, de mar y de paz.

—No lo sé —me contestó con la mirada ausente en el horizonte—. Pero no quiero dejar de caminar.

—Hay peregrinos que hacen el Camino de regreso —me atreví a sugerir—, y dicen que es en el regreso donde se hallan los más profundos tesoros para el espíritu.

El peregrino loco bajó la cabeza y cerró los ojos; y, tras unos breves instantes dentro de sí, dio media vuelta y se alejó caminando por donde había venido.

—Gracias —me dijo cuando ya casi no le podía oír.

Índice

Prólogo 7
Locos 13
Conocimiento de sí 14
Crecer o no crecer 16
Crecimiento 18
Por pedir... 20
Como pez en el agua 22
El Mal 25
La conferencia 27
Amor 29
¿Realidad? 31
Detalles 32
¿Dónde estamos? 34
Los cordones 35
No sabes cómo duele 36
Un buen reloj 37
La marcha 38
Domesticar 39
Fe 41

El hablador	43
La sombra	44
Errar es humano	46
El perro	49
La tentación	51
Con la casa a cuestas	53
Autoestima	54
El escaparate	57
Historias de fantasmas	59
Las vidrieras	61
Dividido	63
La locura	65
Morirse	67
Huida	68
Curar	70
Después de los cuarenta	72
Buscando las lentes	74
Libertad	75
Felicidad condicional	77
Rendición incondicional	79
Sobredosis	81
Seguridad	82
Ampollas	85
Lo bueno de estar loco	87
El gozo	89
Los cinco deseos	91
Creencias	93

Lógica 95
Vagabundos 97
Más allá de la cordura 98
A merced de la marea 99
Océano 101
De oca a oca 103
El regreso 105